KB134087

그림 속 나무

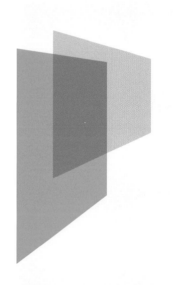

김선영 시집

서정시학 시인선 220

서정시학

아, 도공아
그대 영혼의 향기가 사무쳐 흘러 이 꽃은
영원 시들지 않겠구나

—「도공」에서

서정시학 시인선 220

그림 속 나무

김선영 시집

서정시학

시인의 말

코로나의 인류적 대란을 전후한 수년간을 오직 자연 옆에서 그 존재와 소리를 끌어 안으면서 시를 썼다.

참 자유로운 시간이었다. 자연은 다가와 이야기를 건네었고 눌변이던 나는 그들에게만은 달변이었다. 마음 속 깊이 먼지를 닦고 그들의 아름다운 모습과 소리와 향기를 시혼에 채우고 새기었다.

이제 시집『풀꽃왕관』이후 문예지에 발표했던 작품들을 엮어 12번째 시집으로 상재한다.

시는 오직 순수한 사랑만을 고집하는 연인같이 시에의 순수한 마음을 온전히 바쳤을 때만 제대로 시가 된다.

30여년전 시학 강의실 문학청년 시절의 박현수 교수가 나의 12번째 시집『그림 속 나무』의 시집 해설로 조우한 감개가 새롭다. 부푼 기쁨을 표한다.

시집 출판 과정에서 무리한 의견을 쾌히 포용하신 최동호 교수께도 깊은 고마운 말씀 전해 드린다.

　끝으로 기계에 트라우마 있는 엄마의 손이 되어 육필시를 타자쳐주고 이메일을 보내주며 첫 독자로서 날카로운 지적과 자극을 준 딸 이소은에게도 고맙다고 전한다.

2024년 7월의 숲 바라보며
김선영

차 례

2부

3부

4부

1부

나무

나무는
살 안에
둥근 달을 그린다
지구가 제자리를 돌 듯이
한해에 제 몸을 한 바퀴
순례한 자국
달이 나무의 마음을
한 바퀴 돌아온 둥근 길
달이 나무에게
제 얼굴을
그려 주었다

달이 나의 주소입니다

나는 붙박이 주소를 가지지 않겠습니다
달밤, 달님 안에
나의 주소를 두겠습니다
가을,
파지를 풀 풀 날리는
외로운 나무와 시를 쓰다가
겨울,
흰 눈 내리는 나무에서
바람 소리를 들으며 겨울을 나겠습니다
달도 없는 그믐밤
먼 하늘,
눈을 하나만 가진
외눈이 별이 나를 부르는 별 밤
내 마음속에도 눈이 하나뿐인
별이 있어
마주 보며 어둠을 지나가겠습니다

흰 피

흰 매화와
달은
유전자가 같다
눈처럼 흰 피를 가졌다

매화 가지에 흰 달이
팔을 늘이면
하늘과 땅, 세상이
희고 향그럽다

자아 등 구부리니
짚고 내려오세요
매화나무가 손을 내밀면
매화나무 손을 잡고
달이 내린다

아아
먼데
그대도

허위허위
달려오너라

눈

천사여
그대가 쓰는 음절은
순결한 흰 꽃이네요
수정별이네요
오랜 시간을
음절에다 한 자씩
꽃과 별로 조각했네요.

나는 아직까지
그런 문자를
만들어 쓴 일 없어요
당신은 순백의 시와
춤을 추어요.

그러나 지상의 시인이
읽기도 전에 당신은
불을 그어댄 것처럼 녹여 버려요.
아무도 읽지 못하게 녹여 버려요.

붉은 단풍

가을 되니 드디어
나무의 마음 드러난다
그대의 피
초록인 줄 알았는데
나처럼 붉은 피를 가졌구나

환성으로 터져 나오는
단풍 속 불빛이여
옛 봄날 꽃이 지고 울던 자리에
이제야 활활 불붙어 오르는
사랑의 빛깔이여

온몸을 불사르는
아무도 막을 수 없는 그리움이여

봄은 기다릴 만 하다

찬 하늘 겨울 달을
가슴에 품고 녹이면
봄이 온다
세상의 모든 꽃이 나에게
말을 걸기 시작한다

구름 한 장 두르고 가는
방랑 저 달의 막막한 하늘을
순례하고 지상에 내린 봄

산과 언 강을 어루만지고
마당의 꽃나무도 한번
안아주고 나서야 드디어
나에게로 오는 소리
들리기 시작한다

손전등

자정 지나도
잠은 오지 아니하고
꽃 버는 소리 들릴 때
손전등 켜고 나가 본다

제 얼굴만한 손전등을
도수 높게 켜놓고 내려와
먼저 꽃을 비추고 있는 달

우린 금방 친해져서
함께 꽃을 비추고 있었다

향기만큼은
둘 다
비출 도리가 없었다

그믐달, 초승달

저 달은
자꾸 숨으려고만 한다
스스로 몸을 깎아
무의 저편으로
숨으려 한다.

따라가다 따라가다
내 허리 휘겠다
그리움에 내 잔등
반달로 부풀어 오르고
저절로 만월 된다.

떠나가는 그대여
사라져가는 그대여
그대가 빈 하늘에
그대 닮은 나를 낳아
남겨 두었다.

그림 속 나무

가지에 앉은 뻐꾸기 울음
연두로 칠해 보자

곧추 선 나무의 허리
나무의 연두를
흔들어 보자
꽃잎 몇 떨어진다

나무 한 그루
달을 따라 간다

번개가 쳐도
놀라지 않는
그림 속 나무

평생 잎이 지지 않을
푸른 나뭇가지엔
평생 날아가지 않을
뻐꾸기 한 마리

소리 없이 노래하고 있다

그림 속 나무엔
아무도
쉬어가지 않는다

소통

꽃과 이야기하고 싶어
왼종일 꽃보며
꽃의 말 배운다

별과 이야기하고 싶어
밤새도록 별 보며
별의 말 배운다

꽃이 먼저 말을 걸어온다
별이 먼저 말을 걸어온다

꽃은 꽃의 언어로
별은 별의 언어로,
나는 나의 말로 대답한다

통역 없어도 좋다
우린 다 잘 통한다

병

옛 시인은
다정도 병이라
노래하셨다

이왕 오려면
다른 병 말고
다정이여 오라

흰 꽃도
흰 달도
가슴에 걸려
문턱을 나서지 못하리라

사냥

1.

화살을 쏜다
하늘을 사냥한다
산채로 하늘을 사로 잡는다
하늘은 푸른 그물을 풀어
내 이마를 산채로 끌어 올린다
내 이마 속에 숨긴 눈 맑은 얼굴도
따라 끌어 올린다

닭이 운다
닭은 울음을 던져 빛을 사냥한다
바다가 제 머리칼 전부를 끊어서
내 발 앞에 던진 해안엔
빛나는 시간의 뼈 몇 개
물소리와 함께
그물에 잡힌다

2.

바다의 치맛새로 해가 진다
살이 저문다
해는 살 속에 깊이 빠진다
동아줄을 타고 내려가서도 끌어 낼수 없는
그녀의 웃음이 자는 해를 입히고 있다

3.

내 가슴에서 네 가슴으로 건너간 다리
네가 벗어서 계절 위에 건 웃음이
긴 잠을 목에 걸고
신을 신고 건너온다
등에는 햇빛 한 꾸러미
그때 밤에게 쫓겨난 새 한 마리가 날아온다.
새의 노래가 눈부신 손으로
내 잠을 만진다.

4.

닭은 울음을 던져 빛을 사냥한다
바다가 제 머리칼 전부를 끊어서
내 발 앞에 던진 해안엔
그 남자가 버린 빛나는 뼈 몇 개만
물소리와 함께 그물에 잡힌다

향기

한 칸 덮고 자는
지붕도 고마운데
과분하게 꽃까지
피워주시네
그 꽃에다 덤으로, 오묘한
향기까지 쳐 주시네

향기는
하늘의 것
아무나 욕심으로 가질 수 없다
잠시 마음에만 품었다가
돌려드려야 한다

아
허공에 황홀히 피운
꽃의 세상을 다시
두 손으로
북북 지우고 가시는 그분
그분이 떠나면서 잘못 떨구신

향기 한 점

내 영혼의 석탄에 박혀
향기의 뿌리를 박는다.

바다

비취의 해일 속으로
뛰어드는 아이들은 잠시
비취옷 한 벌을 입었다가
벗어던지고
바다를 찾으러 떠난다
파도가 젖은 비취의 벗은 옷들을 두 팔에 거두어 돌아간다
바다는 재재빠르게 어디로
사라졌는가
나는 기다린다
이 물렁한 광물성의 광장을
발로 차듯 가르고 나와
우레처럼 울음 울
첫 순결한 큰 짐승을
창세기 첫 장을 처음 읽을 때처럼
순결한 심장의 두근거림으로
오
첫 생명의 바다

사람보다 꽃이 그립다

이 봄엔
사람보다도
꽃이 그립다
남녘 민둥산 매화 한창일 때다
멀리 꽃그림자 찾아와
내 가슴 문지르는가
보고 싶어라
만나고 싶어라
내려가는 바람에 마음 전한다
세상엔 역병이 돌아
근심 깊은데
스스로 부끄럽구나
꽃 그리워 안달하는 짓
올라오는 봄바람에 코를 댄다
멀리서 오는 향기 길게 마신다
그때 본 산정의
도도한 매화목 한 그루
마음 문 열고 나가 멀리
가물가물 바라본다

달을 잡는 아이

잠자리채가
달을 따라 다닌다
헛손질
달은 더 높이 날아 오르고
아이가 문득 까치발로
낚아챈다

아아
아이가
잠자리채를 열어
달을 꺼낸다
휘얼 휠 날려 보낸다
달은 날개를 활짝 펴
제 안으로 날아가기 시작한다
잠자리채 안에
금빛 깃털 하나
떨구고 갔다

2부

고요

고양이 한 마리
풍덩 빠진
이 고요

아까부터
몸뚱이도
꼬리도 없이
뛰어다니는
고양이 울음
풍덩
풍덩

…건너편
고요에

돌멩이처럼
던져지는
나의 존재

매미, 하늘 문 두드린다

앞산 매미,
수년간 땅 속
꽃씨처럼 묻혔다가
불현듯 나와 하늘문 두드린다
땅밑에서 키운 꽃잎같은 날개
한 방울씩 모아둔 노래샘
오늘 문득 모두 가지고 나와
하늘문 쾅쾅 두드린다
무쇠같은 것에 억눌리다가
살아나온 것들은
부활의 함성을 가졌다

사람처럼 매미,
신이 신의 방식으로 창조하신 꽃
소리 내는 은유의 꽃이
하늘문 두드린다. 하늘문
쾅쾅 두드린다

오늘에게

그대는 어디서 오시는 길인가요
새벽별 아래 모시고 싶습니다

그대, 다시 어디로 가십니까
황혼이 오는 노을 아래로
황망히 걸어가십니다
단명을 거부하고
매일매일 부활하는
그대 이름은
오늘,

심줄같이 지치지 않고 뻗는 강
바로 오늘입니다.

하례

이름 없는 무덤에 핀
풀꽃이여
형태를 입은 자의
하례를 받으시라

보이지 않는 곳에서
다시 돌아와
형태를 지운 자에게
환히 올리는
형태로 들어간 자의
하례를 받으시라.

마음 속 나무

누가
마음 속 나무를
밤새 흔든다
나의 집은 위험한
허공에 있다
은사다리가 필요하다
아득히 사다리를 세워두고
매일 오르내린다
나의 사다리로 올라가
두 팔로 달을 안아 내렸다
흰 꽃이 부르는 가지에
앉혀 주었다
나의 마음 속 나무에도
자리를 만들어 두었다

추사 한 분

세월 기워 입은
노송 두어 그루
삽짝문 흔드는
배꽃향기

붐비는
달빛에
새어 나오는,
시 한 줄 읽는 소리

창호지 백지에
달빛 무늬, 차향무늬
여기저기 땅 위에
별처럼 박혀 사는
추사들 중
한 분, 여기
사시는지.

웅녀의 숲

숲에 들어서면
보이지 않는 분이
나무의 자격을 준다

나무 옆에 서서 나무의 말을
듣는다
숲이 나의 고향이라고
우리들의 여인
웅녀께서
처음 여인이 된 곳
뻐꾸기 울음 들으며
초래청에 선 곳

아
숲에 들어서면
앳된 웅녀의
생머리 같은
연두의 향기를 맡는다

위대한 DNA

대지의 어머니가
젖 한 줄 짜서
강을 먹이고
부풀리네

내 편
봄은
이번에도 나를 위해
어디 흙에
무지개 씨앗
묻었는가

젖 한 모금씩 물고
흙 속에서 올라오는
연두 핏줄
무지개 넝쿨

무지개 일곱 핏줄
곱하기 곱하기로

쏘아 올린
위대한 DNA 세상
아으
찬란한 봄

그대 아득하여라

그대는 참 아득하여라
별이 깊은 그곳처럼
그대 아득한 별인가

부를수록
찾아 헤매일수록
더 깊이 숨어 버린다
더 먼데 깊이 사는 그대
찾을수록 걸음은 더
가자고 하누나

아름다운 한통속

산을 품기엔
나는 너무 작다고
밀어낼 거냐

바다 품기엔
내 마음 좁다고
밀어낼 거냐

산도
바다도
마음먹고
작아져서
손톱만하게
물방울만하게
눈 안에 들어온다

사랑하면
이렇게 어울리고 모여
저절로 한통속으로
살아가는 것이다

타는 저녁놀

타는 노을 속으로
지나가는 새처럼
들어갔다
나왔다
나는 검게 탄
숯사람이 되어 있었다

그때다
마악
하늘이 손을 내밀어
불가마에서 꺼낸
화상 하나도 없는
흰 살의 백자 항아리
고이 서편으로 모셔가고
있다

풋봄에 뜨는 달

풋 초봄 뜬 보름달은
머리를 마알갛게 민
아기스님 머리 뒷통수 같다

하늘과
땅에서
봄 눈 녹은 대얏물
들여다보는
두 개의 달

두 손으로 건진다
날쌔게 하늘로 빠져나간
천상의 달

나의 얼굴

나의 얼굴은 섬이다
마음의 나루에서
배를 탄다

배는
섬을 찾지 못한다
바다 위에서 심해의
파도 소리만 가득싣고
돌아온다

나의 얼굴은

나의 그림자

한 덩이 연기

무수한 거울이
겹겹이 너울치는
동굴

매화 향기

매화 필 무렵이면
땅에서 먼저
향기가 난다
흙 속 어디에
향기가 사는가
겨울을 찢고
피어난 꽃잎은
땅에 묻어 둔
향기를 꺼내
첫 번째로 나에게 보낸다
세상을 나간 사람들도
향기 맡고 오리라
그리움이 부르는
소리 끝에서
향기의 끝을 쥐고
돌아오리라

아자방의 달

시인 김상옥 선생의 인사동 아자방에
K 여사와 방문했을 때였다
옛것의 아름다움이 시공을 넘어 오가는 통로로 들어설 때
주욱 앉아 있던 백자 항아리,
문득 선생께 여쭈었다
'어느 항아리가 제일로 아름다운지요'
우문에
'그야 달을 닮은 거라야지요'
답하신다

아아 완벽한 둥근 원형의 살빛 흰 항아리라
둥글고 흰 항아리의 살빛에 취해 있는데
만월들이 나란히 앉아 있는 선반에서
푸른 달빛이 일어섰다
백자 하나가 은하수 물결을 타고
둥실둥실 떠내려 온다
문을 나서더니 아예 서편으로
몸을 트는 게 아닌가

오, 아자방에
진짜 달 하나 살고 있었네

3부

풀고 싶은 화두 매혹

한 사람 오래 전
오래된 골동
아름다운 항아리에 반해
전셋돈 전부를 빼어
당장 매혹의 항아리와
맞바꾸었네

그날밤
어디서 지새웠는가

하긴
매혹이
전재산 된 그는
금갈라 조심조심
항아리 방으로 내려갔겠지

항아리만큼하게 몸을 줄여서
초승달만큼하게
초승달처럼

허리 꼬브리고 잠들었겠지

나에겐 두고두고 의문
화두의 사나이

네 꽃대 위에 내 얼굴 얹어

꽃아
너는 지금 얼굴이 없다.
봄이 가려 얼굴 없다
바람이 품어가지 않았는데
꽃자리에 얼굴 지워졌다
바람이 불지 않아도
네가 네 안 깊이
묻어 놓았다

나는 나의 얼굴을 빌려주리라
가만히 네 꽃 있던 자리
들어서리라
마지막 꽃의 문을 네가
열어 놓았으니
네가 내어준 양
네가 피운 꽃처럼
진실로 네가 오기까지
네 꽃자리
지켜주리라

정조문의 백자

정조문의 조선 항아리는
조선의 얼굴
부드러운 둥근 선 조선의 어깨
아아 내 어머니 쪽 지어 올리신
비녀 머리여
문빗장 열고 맞으실 때
흰 저고리, 흰 동정, 흰 깃
사뿐히 걸으시던 버선발이여
그립다
그립다
정조문 항아리 다소곳 앉혀두고
이 땅, 님과, 나란히 앉아
백자 둥근 방으로 자리 들어올
활짝 갠 만월 기다린다
국토의 흰 살에 고운 핏줄 아롱거려
겹겹이 후광을 두르신 고요한 얼굴
고즈녁 미소로 바라보시는
아 사무친 조선의 얼굴
정조문의 조선 백자 항아리

＊ 일본에 흩어진 한국의 맥을 찾아 혼을 기울여 모으시던 정조문 선생께 고
개숙이며.

산책길 달개비꽃

내 걸음을 멈추게 하는 달개비꽃
내 인생의 산책길
잠시 멈춘 시간은 달개비에게
내 순정을 전부 바치는 시간
두 장의 짙푸른 꽃잎은
달개비가 쓴 시
풀밭의 시인을 사랑하여
마음을 한 묶음 바치는 시간
백합도 장미도 이 청초함을
입을 수 없으리
이 순간 내 생이 건너편에 앉는다
어디서 왔는가 묻지 않는다
고향은 아마도 같을 것이니
어째서 길가에 피었느냐고도…
너와 나는 시간을 여행하는
여행자
언제나 길을 가는 시간의
나그네이니

다시 매화

매화나무에 달 오르면
매화나무 꽃들은 달 아래로만 모이고
달빛은 그리로만 내린다
향기도 나무에서 나와
달에게로 오른다
아지랑이, 아지랑이처럼
달에게로만 오른다

달의
딸처럼
흰 꽃잎의 매화를
흰 달이 손을 잡아
끌어 올린다

그 역에 가고 싶다

막힌 내 고향 철벽 70년
내 떠날 때 글썽이던 역의 불빛
그쪽을 바라보면 내 마음도 글썽인다
폭죽같이 터지던 역 마당 개나리꽃
그립다 그립다
자동차로는 사오십 년
(허리 잘린 나라의 상처, 그 역)
세계에서 제일 먼 곳
별보다 멀다

문득
기쁨에 기차가 울고
뚜우 기적소리
잠결에 그 역에
내가 닿는다
내가 나에게로 가는 역.

고향

어느 종교 방송 사찰 순례단에 끼어
북의 고향산 보러 갔을 때
칠십 년 만에 만난 산은 아직도
파릇하니 상고머리 그대로였고
서울서 겨우 백 육십 리 길은
살아 숨 쉬고 있었네
울먹이던 내 고향, 나처럼 늙어
굽은 등을 펴서 마주하였네

잠시 앉지도 못하고 돌아오는 내 뒤에서
앳된 유년만이 뛰어나와
나를 두고 또 떠나면 어쩌냐고
달리는 버스 뒤를 쫓아 오더라
종종 달음질로 쫓아 오더라

어머니 흰 소나타 1
— 두 개의 봄

해마다 어머니는 목련나무로 다가가 봄을 기다리곤 하였
습니다.
목련이 입술 열어 웃으면
기다리던 봄이 나무 뒤에 서 있음을 예감하고 마주 웃었지요.
어머니는 봄을 너무 사랑한 까닭으로
겨울이 오자마자 바쁘게 겨울을 지워가기 시작하셨어요.
그런 어머니의 마음을 멀리서 듣고
봄은 어느 해 보다도 서둘러 와
목련나무 아래서 어머니를 기다리는 것이었어요.
잠자는 목련의 꽃봉오리를 다 깨워서 말이지요.

어머니가 영원의 여행을 4월로 잡은 것도
우연은 아니지요.
어머니의 바램은 한 번만 더
봄을 만난 후 떠나는 것이었어요.
봄과 어머니는
두 개의 봄이었습니다.

어머니 흰 소나타 2
— 달빛 흔적

격자문살의 헌 창호지 떼어내고 새것 붙이시던 어느 봄날
아직 쓸만한데 뜯어내고 새것 붙인 그 날에는
우리들을 등 뒤로하고 마음을 보이지 않으셨는데
어머니 마음은 거울 같아서 잔등으로도 속 풍경을 되비쳤
지요.

쪽진 비녀 아래로 어머니 야윈 어깨를 가느다란 물결이 지
나가고
다시 큰 강이 지나가는지
가늘게 떨리던 물소리가 점점 늘인 파도로 부푸는 것을…

창호지에 번진 어머니의 이슬을 한참 비처럼 흐르는 달빛
이 지웠겠지만요.
까닭을 모르는 채로 비밀로 해드린 그 날의 일은 달빛 한
점의 흔적으로
내 마음에 촉촉이 남아있어서요.
그리하여 그날의 어머니를 지금도 달빛 안에서 종종 만난
답니다.

어머니 흰 소나타 3
— 쪽진 머리채

어머니 나실 적부터 키워온 긴 생머리를
총총 땋아 쪽을 올려 찐 고전의 아침을
나는 좋아했습니다.
한참 유행이던 흔한 퍼머넌트의 곱슬한 머리를 외면하고
딸들의 성화에도 흔들림 없이 매일 쪽머리인 채로 주무셨
습니다.
소천하시는 시각까지도 갈퀴같이 야윈 두 손으로 허공에
쪽 트는 시늉을 하셨습니다.
정결히 감은 머리채를 길게 땋아 내린 후
왼손으로 받치고 오른손으로 휘휘 감은 다음
꽃송이로 모은 쪽머리에 비녀를 꽂지요.
마치 문빗장을 걸어 잠그는 모습인데 임종 시에도 그 기억
을 되풀이하셨지요.
숭고하고 아름다운 어머니의 초상,
그분 정신의 은유이기도 했습니다.
흰 모시 치마저고리와 흰 버선에 쪽 틀어 올린 이 여인은
배꽃이나 매화같이 단아한 우리나라 조선시대의 마지막
여인처럼
홀로 당신만의 향기를 지키다가
영원으로 떠나셨습니다.

어머니 흰 소나타 4
— 흰 저고리

한번 크게 쓰러지신 후
'나 보내는 날 막내야 입어다오' 하시면서 나에게 건넨 손
수 지으신 흰 저고리
그 한 벌의 말씀은 무섭고도 슬펐어요.
당신이 손수 지은 소복이 당신 장례식에 입힐 상복이라니
믿어지지 않은 충격이었지요.
잔인한 선물, 이별의 상징을 유폐시키고 봉쇄해 버렸지요.
그분은 벌써부터 이별을 준비하셨지만
이별은 영원히 유예될 것이었어요.
드디어 운명은 어머니와의 끝이 없는
행복할 공생을 허락하지 않았을 뿐 아니라
어머니의 예언같은 예감에 손을 들어 주었습니다.
만해의 말씀처럼 어머니는 갔지마는
나는 보내지 아니하였어요.
장롱 속에 진실을 믿었으므로.

그러나 나도 그분이 떠나시던 때의 연륜이 되자
장롱의 봉쇄를 허물기로 하였습니다.
문을 열어젖히자 박제의 시간이 부서지는 소리.

찰라, 이끼 낀 옷을 벗어 버리고
날아오르는 눈빛 흰나비
하얀 저고리를 입은 흰 나비는
내 앞에서 너울너울 춤을 추다가 한 점 구름도 없는 하늘가로
마침표의 점처럼 사라졌습니다.
아, 그제서야 나는 늦은 이별의 인사를
하늘 너머로 보내드렸습니다.

어머니 흰 소나타 5
— 그 흰 겨울

겨울바람 크게 울어 집이 덜컹거린다
봄은 올 터인데 무엇이 서러워 저리 흐느끼느냐
벽틈으로 흘러들어오는 바람의 끈이
나를 묶고 풀어주지 않는다.

유년의 겨울
전쟁의 기억
대포 소리가 등 뒤에서 바짝 따라올 때
엄마와 나는 사력을 다해 달렸었다.
눈보라 치던 흰 겨울, 나를 지키던 어머니의 창백한 얼굴
그때 옆에서 달리던 겨울바람 소리
그는 어디엔가 은둔해 있다가도
겨울이면 흰 눈을 몰고 와 문을 흔든다.

봄 여름 가을을 다 놓아주고
나처럼 늙은 바람은
틀림없이 겨울이면 나타난다.
어머니와 달리던 울음소리로
집을 덜컹거리고
나를 덜컹거린다.

어머니 흰 소나타 6
― 고와라, 달빛 강이여

하늘문 열고
달이 오기를
날마다 어머니는
기다리셨지요

창호지 젖는
파란 물감에
달마중 나가기로
작정하셨지요

댓돌에 내려서던 어머니
멈추신 버선발
하얀 한 쌍 고무신엔
꼭꼭 눌러 담은 달빛
차마 발을 넣지 못하신 것

내 발에
아까운
달빛 으깨질라

혼자 말씀
서으로 가던 달이 들었습니다

하늘로부터 푸른 실개천은
흘러들고 마당은
고와라 고와라 달빛강이여

달은 마음을 활짝 벌려
반가이 어머니를
마중하였습니다

박수근의 그림 속 여인
한 분이 그림 밖으로
걸어 나온 것처럼
수수하고 조신한 어머니가
이때만은 참으로 기쁜 듯이

마중하는 둥근 달의

둥근 걸음 안으로
고무신 저리 둔 채

흰 버선
초승달의
버선코를
살풋 들어
나비의 날개로 들어서는 것이었습니다

어머니 흰 소나타 7
— 순결한 헌시

오월 보름날 환한 둘레를
열 번 돌고 나를 낳으셨지요
달의 손에서 날 옮겨 받으셨지요
달빛에 씻긴 나는
세상에 떨어지자마자
달의 언어로 크게 울었습니다
그것은, 태어나서
달과 어머니에게 처음 바친
제 순결한 시였습니다

어머니 내가 오월숲
파란 잎사귀 소리를 귀에
매달고 세상에 나왔을 적에
어머니는 달과 처음
무슨 인사를 나누셨나요
아 그 언어는
당신이 신과 저에게
영혼으로 닦아 바치신
흰 순결한 시였습니다

시는 시인의 사원이다

죽은 시인의 시를 본다
그는 그의 말을 덮고 잔다

행간에서 행간으로 더듬어 천리를 간 일
순례자의 발이 거침없이 나아가 또 길을 만들고
신발은 해어지고 맨발은 찢겨져
시혼의 첨탑 안으로 몸을 접어 들어갔다

반달처럼 허리를 접어
제 몸안으로 들어가 언어를 껴안고 잠들었다
발에서 흐른 피는 장미가 되어 그의 잠을 덮었다
그는 순교하듯 시의 안으로 걸어 들어갔다

죽은 시인의 시를 읽는다
그는 그의 몸에서 나온 장미의 향기를 덮고 자고 있다

달의 그물

달이
그물을 풀어 내린다
우람한 산 하나를
끌어 올린다
무게 가뿐히 올라가는 산

돌연
그물 안에
갇힌 산이
사자처럼
포효한다

하늘을 가르는 소리에
가늘한 달빛 그물… 끊어질라

4부

달빛 속 내 그림자를 보아

내 그림자가
달빛 한 평 축낸다

달빛 속에서 달아난다
축낸 달빛 돌려준다
이제 세상은 제대로다

달이 나를
한 장의 구름처럼
끌고 간다

달빛 너울파도
넘어 넘어
휘갈기는 심연 속으로

지귀와 바위

산책길
동산 어귀에
바위 하나 엎드려 있다

신라 선덕여왕 시절의 지귀 같이
천년을 꾸벅꾸벅 잠들어 있다
선덕님 기다리다 절문 앞에서
끄덕끄덕 졸던 사나이 지귀
측은한 기다림의 보답으로
잔등에 얹어 준 황금 가락지
선덕이 놓고 가신 가락지 보고
미쳐서 불덩이로 굴러갔다는
지귀여
지귀여

바위의 긴 잠 좀 깨워보려고
툭 밀어본다
꿈틀하는 바위
바위 잔등에 앉아 있던

분홍 진달래가 볼우물로
호호 웃는다

섬진강

광양 매화
기다린
섬진강

산 하나가
매화로
새 저고리 지어
입었다

하얀
매화산이
전신으로 들어와
몸 담그면

섬진강 아찔해
갈지자로 흐른다

찰나와 영원

시인의 영혼에서
시가 몇편 빠져나간 후
껍질로 남는다
껍질이 된 시간이
바람에 섞여 플플 날린다

찰나 영혼에 번쩍 빛살이
박힌다
초승달에 만월이 자라는 소리 껍질을 채우는
만월의 소리
허공에서 달이 부푸는 소리
내가 나에게서 나갔다가 돌아오듯
달이 달에게서 나갔다가
돌아오는 소리
그렇다
찰나가 찰나를 파도로 이끌며
영원에 줄서다

돌, 그리고 달

어디서 무심히 던진 돌
가슴에 깊이 박혀
아플 때

달이
내 귀에
속삭이네

돌 곁에
난초 한대 심어
길러 봐요

이윽고
꽃대 올라오면
향기가 포근히
돌을 안을 테니

그때 가슴녘
돌 둘레길

달 불러
함께 걸어 보아요

시인의 데이트
— 화사와 노란 국화

50년대 가을날 공덕동 301번지, 미당 선생 댁을
우리들이 방문했을 때 그분은 방문을 활짝 열어젖히고
노란 국화향기에 젖어 계셨다.
글 쓰시는 방 벽체엔 액자도 없이
천경자 화백의 화사도가 한점 수수하게 붙어있었다.
벽지 속 무늬처럼 오색 물감의 꽃뱀들이 수풀 속에 엉켜
벼랑의 벽에서 떨어지지 않으려 안간힘 쓸 때
무리 중 하나가 물감을 벽에 묻히며 기어 내려와
선생의 책갈피 사이로 스며들었다.
마당의 노란 국화밭에는 하늘에서 삽으로 퍼내리는 진한
금햇살로 광채를
이루고 있었고,
'찬란하구먼'
가난한 시인은 부러진 안경테 대용으로 삼은 무명실의 귀
걸개를 연신 치켜
올리며 국화의 아름다움도 함께 치켜올리셨다.
나는 시인과 국화와의 데이트를 흠집 내지 않으려
아까 본 정경을 뒤로 미루기로 하였다.

생명을 살리러 봄은 오는데
— 코로나

코로나 숲에도 꽃은 핀다
하나씩 꽃들이 삼삼오오
나무에 걸터앉아 봄을 맞네요
평화의 입술, 소리 없는 나팔 소리
코로나19, 무섭지 않아
무섭지 않아.
메아리치네요

생명을 살리러 오는 봄
생명을 앗으러 온 코로나19.
봄까지 빼앗기지 맙시다
숨은 적이 팔을 붙잡거든
뿌리치세요
쫓아내세요, 전멸시켜 버리세요
아름다운 향기로운 봄꽃들같이
가파른 봄을 잘 지나갑시다
맑고 성스런 지구의 공기는
영원히 우리들만의 것입니다.

산빛

산빛 사랑하다 떠난 그 사람
산빛 한 자락 떠서
잔등에 덮어주고
보낸 그 사람

산은 자꾸 야위어 가고
세월도 야위어 앓을 때

어느 날 문득
그 사람
산빛
돌려주러 오거든

산빛은 산에 입히고
나란히 둘이서 산을 보리라
나란히 둘이서 또 산을 살리라

주름살

이마엔
잔물결 굵은 물결
햇빛 실은 달빛 실은
배도 지나갔겠다

때론 해일도 일었겠다
바람 자는 날에는
수평선 너머로
아득 그리움 날렸겠다 날렸겠다

이 물결 저편엔
은하수 흘러
해오리 앳된 울음
반달이 귀 열고
밤새 듣는다

나목

지난 늦가을
파지를 다 떨구고
뼈로 남은 나무
겨울바람에 몸을 박고
깡마른 손으로
하늘에다 시를 쓴다.

오오, 네 몸에 다다른 겨울
겨울을 부리는 문자들
네 몸 자체가
완성의 시다.

하늘 복판에
낙관을 찍어라.
겨울 시인아.

고향으로 난 창

제2의 고향집 마당에는
어디선지 날아 온
개똥 갓이
겨우내
꽃을 피고 앉아 있었다

고향으로 난
창을
액자로 삼고

개똥 갓
노랑꽃 오로라
가득 들여 놓았다

철새 떼 울음
한 덩이도
노란
그리움
사이사이

끼어 들었다

고향 쪽으로
목이 긴
여자의 얼굴
새 떼 옆자리
자리 잡고
함께
날게
두었다

겨울 치악산

겨울 치악산은
주름의 골이 깊은
아버지 얼굴이다

겨울 치악산의 잔등은
등골 휘어지게
등짐 진
낙타의 등을 닮았다

며칠을
눈보라 치더니
산정에 내린 그분
더 높은 곳에서 강림하셨다

오늘 눈 덮인
제일봉에 씌워주신
황금의 관
광채가 하늘 깊이 뻗치고 있다

봄비·약비

미세먼지 보얀 벚꽃
꼭 조화 같더니
오늘 봄비가 와서 만지니
참 생화다

봄비
약비 마신
어디에
시든 사랑도
생화로 살아나리라

허리 굽은
노인들
약비 맞고
노목의 가슴에도
파란 잎
튼다

도공

갓 빚은 항아리 붉은 배에
흰 치자꽃 가지 얹어
불에 넣었다

꽃잎을 한 잎씩
불 속에서 불러내었다
꽃잎을 머리에 인
불멸의 낙관

아, 도공아
그대 영혼의 향기가 사무쳐 흘러 이 꽃은
영원 시들지 않겠구나

서정시의 마지막 본산, 정갈함의 위의

박현수(시인, 문학평론가)

1. 정갈함의 위의

김선영 시인이 지금까지 발표해 온 수많은 시의 핵심을 한 마디로 정의한다면, 그것은 정갈함이다. '정갈함'의 사전적 의미는 '깨끗하고 깔끔함'이다. 이는 마음의 특성이기도 하지만 시적 내용과 형식에 통용될 수 있는 성격이기도 하다. 그래서 정갈함은 김선영 시인 시의 형식과 내용 모두를 포괄할 수 있는 유일한 어휘가 아닐까 한다. 김선영 시인은 이런 특성을 존재의 바탕으로 삼아 삶을 이끌어 오고 시를 써왔다.

아마 정갈함을 시학적으로 정의하자면 김지하 시인의 '자발적 가난의 말'이 그중 가장 근접한 개념이 아닐까 한다. 그는 우리 시대에 요구되는 문학적 표현은 자발적 가난에 있다고 본다. 현재 우리를 둘러싸고 있는 들뜬 환경은 불필요한 욕망이 마치 처음부터 우리의 내면에 있는 것처럼 착각하게 만들어 삶을 공허하게 하고, 이는 말의 과잉, 비유의 범람으로 악순환을 계속하게 한다. 그래서 그는 "말의/ 자발적 가난은/ 이제/ 시 이상이다// 그것은/ 개벽,"(「가난」)이라고 말한다.

'자발적 가난의 말', 즉 '정갈함의 시'는 말이 많지 않아도 의미로 충만하고, 구성이 간결하여도 생명력으로 가득하며, 직설적인 메시지를 감추어도 마음을 움직이며, 텅 비어 있는 것 같아도 신성으로 가득 차 있다. 그래서 서정시의 본령은 정갈함이다. 요설이 아니라 함축, 산만이 아니라 간결, 직설이 직정直情이며, 공허가 아니라 충만이다.

최근 우리 시단의 분위기는 요설이 시의 중요한 가치인 것처럼 느끼게 만들어 왔다. 몇몇 실험적인 시들만이 아니라 서정시에서도 이런 경향은 지배적이다. 고대의 서사시에서 장황한 이야기를 소설이 떠맡은 이후로, 서정시는 홀가분한 차림을 제 본모습을 갖출 수 있었다. 그래서 시에서 말이 많다는 것은 비시적非詩的인 현상이 아닐 수 없다. 그러나 시간이 많이 지나서인지 서정시의 위대한 유산은 그 가치를 잃어가고 있다. 그래서 최근의 시들은 많은 말을 하면서 어떤 울림도 주지 못하고, 말은 흘러넘치지만 의미는 말라 버렸다.

이런 경향 때문에 정갈함의 미학을 온전히 간직하고 있

는 김선영 시인의 시는 오히려 낯설기까지 하다. 시인은 서정시의 본령을 사수하고 있는 시인인 까닭이다. 아마 시인의 시는 내가 아는 서정시의 마지막 본산일 것이다. 첫 시집부터 최근의 시에 이르기까지 시인의 시는 이 본령에서 이탈한 적이 없다. 시인의 첫시집 『사가思歌』(1968)에 실린 시, 「고요」에 나오는 다음 구절이 이런 논의의 좋은 예가 될 것이다.

> 첫
> 보행을
> 빛 깊숙이
> 들이 미시다
>
> —「고요」 부분

　필자는 문청 시절에 이 구절을 읽고 깊은 감명을 받은 적이 있다. 이 짧은 구절은 초월적 존재("이 고요보다/ 먼저/ 일어나시는 이", 같은 시)가 혼탁한 이 세상으로 한 발 나서는 성스러운 장면으로 읽힌다. 시행도 마치 계단과 같은 형태를 취하고 있어 신성한 존재가 한 발 내딛는 것이 시각적으로 느껴지기조차 한다. 그리고 빛 속으로 한 발 내딛는 그 존재는 필연적으로 제 스스로가 빛으로 가득 찬 존재일 수밖에 없을 것이다.

　그리고 이 구절에서 특별히 지적하고 싶은 것은 이런 신성함을 그토록 극적으로 만든 것이 다름이 아니라 이 표현이 지닌 절대적인 정갈함, 형식상의 간결성이라는 것이다. 이런 특성은 논리적 이해가 아니라 직관적 수용으로 독자들을 감동하게 만든다. 간결함이 지닌 충만과 깊이는 즉각적 수용 이외에는 다른 방법이 없기 때문이다. 성경의 "빛이 있으라 하시매 빛이 있었다(창세기 1:3)"는 구절을 두고 프랑스 비평가 부알로는 다음과 같이 말하였다. 창세기의 이 구절이 "자연의 절대적인 통치자께서 단 한마디로 빛을 창조하셨다."는 말로 바꾸어 표현되었다면, 신성하고 숭고한 스타일을 취하긴 하였어도 진정한 숭고를 이루지는 못 했을 것이라고. 이를 시의 영역으로 옮겨놓으면, 서정적인 소재, 서정적인 내용과 형식에 정갈함이 필수불가결하다는 뜻이 될 것이다.

2. 간결한 말들의 울림

정갈함의 시학이 지닌 가장 눈에 띄는 특성은 바로 형식적 간결함이다. 서정의 본질을 전달하기 위해서 시인은 직관적으로 파악한 대상을 가장 극적으로 전달할 수 있는 핵심적 언어를 선택하고 이를 가장 직관적 형식으로 구성해야 한다. 그래서 언어는 최소한의 핵심적인 어휘로 제한되며, 형식은 가장 간소한 것이 될 수밖에 없다. 이는 그 직관의 내용을 전달하기 위한 가장 적합한 형식이기 때문이다.

매화 필 무렵이면

땅에서 먼저

향기가 난다

흙 속 어디에

향기가 사는가

겨울을 찢고

피어난 꽃잎은

땅에 묻어 둔

향기를 꺼내

첫 번째로 나에게 보낸다

세상을 나간 사람들도

향기 맡고 오리라

그리움이 부르는

소리 끝에서

향기의 끝을 쥐고

돌아오리라

—「매화 향기」 전문

    시인이 얻은 직관의 내용을 표현한 것이 "매화 필 무렵이면/ 땅에서 먼저/ 향기가 난다"는 구절이다. 논리적 접근으로는 해결할 수 없는 매화 향기의 비밀을 이보다 더 잘 설명할 수 있을 수는 없을 것이다. 아니 '설명'이 아니라 '직정直情'이다. 시인이 직관적으로 파악한, 풍경과 정서와 사고가 일체가 된 어떤 대상이 순간적으로 언어의 몸을 취한 상태가

바로 이 표현일 것이다. 핵심적인 어휘가 3행에 골고루 흩어져 각각의 어휘는 자신의 무게를 제대로 간직하며 매화 향기처럼 제 의미를 온전히 전하고 있다. 매화 향기는 허공에서 난데없이 오지는 않을 것이다. 그렇다면 그 향기는 어디에서 오는 것일까. 바로 이것이 시인의 의문이었을 것이다. 그 의문이 한 찰나에 풀렸고 그것이 일종의 오도송悟道頌처럼 이런 형식을 취하였던 것이다. 서정시의 내용과 형식의 필연성을 여기에서 확인할 수 있다.

> 타는 노을 속으로
> 지나가는 새처럼
> 들어갔다
> 나왔다
> 나는 검게 탄
> 숯사람이 되어 있었다
>
> 그때다
> 마악
> 하늘이 손을 내밀어
> 불가마에서 꺼낸
> 화상 하나도 없는
> 흰 살의 백자 항아리
> 고이 서편으로 모서가고
> 있다
>
> ―「타는 저녁놀」

서쪽 하늘의 타는 듯한 저녁놀에서 시인은 항아리를 굽는 가마를 상상한다. 타는 노을 속으로 새가 지나가듯이 시인도 그 가마를 드나들다 숯처럼 정화되었다. 이 정도의 상상은 노을을 보면서 한 번쯤 할 만하다. 이때 시인의 상상력은 한 번 비약하여 그 가마에서 하늘이 손을 내밀어 백 항아리를 꺼내는 장면을 본다. 저물녘에 보이는 낮달일 것이다. 시는 이로써 짧으면서도 군더더기 없이 완결되었다. 군더더기 없는 언어 운용과 간결한 형식이 잘 어우러져 있는 작품이 아닐 수 없다.

이런 특성은 더 많은 언어를 동원한 시에서도 그대로 유지된다. 산문화되기 쉬운 일화를 시적 소재로 다룰 때도 이 간결함의 미덕은 전혀 손상되지 않는다.

격자문살의 헌 창호지 떼어내고 새것 붙이시던 어느 봄날
아직 쓸 만한데 뜯어내고 새것 붙인 그 날에는
우리들을 등 뒤로하고 마음을 보이지 않으셨는데
어머니 마음은 거울 같아서 잔등으로도 속 풍경을 되비쳤지요.

쪽진 비녀 아래로 어머니 야윈 어깨를 가느다란 물결이 지나가고
다시 큰 강이 지나가는지
가늘게 떨리던 물소리가 점점 늘인 파도로 부푸는 것을…

창호지에 번진 어머니의 이슬을 한참 비처럼 흐르는 달빛
이 지웠겠지만요.

까닭을 모르는 채로 비밀로 해드린 그 날의 일은 달빛 한
점의 흔적으로

내 마음에 촉촉이 남아있어서요.

그리하여 그날의 어머니를 지금도 달빛 안에서 종종 만난
답니다.

―「어머니 흰 소나타 2―달빛 흔적」 전문

이 시는 어머니와 관련된 일화를 다루고 있다. 일화, 즉 에
피소드는 아무리 짧아도 시작과 전개, 그리고 그 전개의 극
점과 끝이 있다. 서사문학의 '발단-전개-절정-결말'은 이런
사건의 모방이라 할 수 있다. 다시 말해 에피소드는 단계를
나누어 설명할 수밖에 없는 서술적인 대상이라는 것이다.
그러나 시인은 이런 대상에서도 단호하게 간결함을 선택한
다. 이 시의 대상은 우리 삶에서 많은 여인이 겪게 되는 어떤
사건일 것이다. 그러나 시인은 여인에게 슬픔을 준 그 사건,
그 일화는 창호지 저편에 남겨두었다. 시는 창호지 앞의 한
장면에만 집중하고 있다. 그 장면은 서사에서는 금방 지나
칠 풍경일 수 있지만, 시에서는 모든 서사를 응축하고 있는
벼리 같은 풍경이다. 긴 서사를 응축시키는 간결함이 이 풍
경을 빛나게 한다. 이것은 산문적인 세계를 다루는 서정시
인의 기본적인 태도가 아닐 수 없다. 시인은 격정으로 몰아
쳐 오는 산문적인 세계를 간결하게 제어하고 있다. 사건을
대하는 서정시의 가장 모범적인 방식이 아닐 수 없다.

3. 서정의 새롭고도 싱싱한 생기

흔히 서정시라 하면 익숙한 정서에 낯익은 표현을 떠올린다. 대부분의 서정시가 그런 경향을 지니지만, 만일 그렇다면 서정시는 이미 독자들에게 외면되었을 것이다. 그런 서정이라면 근대 이전의 시조나 한시로도 충분할 것이기 때문이다. 현대에도 서정시가 계속 읽히는 이유는 그런 서정이 늘 새롭게 탄생하기 때문일 것이다. 사실 현대의 서정시는 낯익은 서정에 늘 새로운 빛을 입혀 왔다. 그런데 김선영 시인의 경우 그런 새로운 수정은 소극적인 차원에 그치지 않는다. 더 적극적인 시도로 서정에 새로운 활기를 불어넣는다. 앞에서 다룬 시도 그런 예가 될 만하지만, 다음 시가 대표적일 것이다.

> 달이
> 그물을 풀어 내린다
> 우람한 산 하나를
> 끌어 올린다
> 무게 가뿐히 올라가는 산
>
> 돌연
> 그물 안에

간힌 산이
사자처럼
포효한다

하늘을 가르는 소리에
가늘한 달빛 그물… 끊어질라

— 「달의 그물」 전문

이 시에서 '달의 그물'이라는 것은 포착하기 힘들 정도로
미세하게 내려오는 달빛일 것이다. 우리말에 '빛살'이라는
어휘가 있다. 사전에서 이 말은 "빛의 줄기"라 풀이되어 있
다. 어느 광명의 근원에서 사방으로 보내지는 빛의 형태가
줄기와 유사하다는 인식이 여기에 담겨 있다. 이 빛줄기가
시인에게는 가로 세로로 촘촘하게 엮여 있는 그물처럼 인식
되고 있다. 그 그물은 단순한 그물이 아니라 신성한 힘을 지
닌 것으로 그려진다. 그러니 "우람한 산 하나를/ 끌어올"리
는 데 무슨 어려움이 있겠는가. 또한 그물에 사로잡힌 산이
포효한 장면에 무슨 어색함이 있겠는가. 달밤의 신비로운
광경이 여기 시인의 신비한 그물에 아주 간결하게 포착되어
있다. 그리고 이런 서정은 낯설고 신선하고 싱싱하고 생기
가득하다. 이런 생기가 시인의 시를 새롭게 보게 만들고 생
명력을 느끼게 만든다.

다음 시의 이미지는 그 서정의 새로움이 일종의 실험적인
것으로 느끼게 할 정도로 싱싱하다. 서정의 생생한 변신을

살펴보자.

> 비취의 해일 속으로
> 뛰어드는 아이들은 잠시
> 비취옷 한 벌을 입었다가
> 벗어던지고
> 바다를 찾으러 떠난다
> 파도가 젖은 비취의 벗은 옷들을 두 팔에 거두어 돌아간다
> 바다는 재재빠르게 어디로
> 사라졌는가
> 나는 기다린다
> 이 물렁한 광물성의 광장을
> 발로 차듯 가르고 나와
> 우레처럼 울음 울
> 첫 순결한 큰 짐승을
> 창세기 첫 장을 처음 읽을 때처럼
> 순결한 심장의 두근거림으로
> 오
> 첫 생명의 바다
>
> ─「바다」전문

아이들이 바닷물에 뛰어들어 흠뻑 젖은 것을 보고, 시인은
아이들이 비취옷 한 벌을 입었다가 벗은 것으로 묘사한다.
그리고 파도는 그 비취옷을 거두어 돌아간다. 바다에 대한
시 중에서도 이런 참신한 비유를 사용한 경우는 많지 않다.
그러나 이 참신함은 이것으로 끝나지 않는다. 시인이 이 바

다를 보며 기다리는 무엇인가가 있다. 그것은 "이 물렁한 광물성의 광장을/ 발로 차듯 가르고 나와/ 우레처럼 울음 울/ 첫 순결한 큰 짐승"이다. 비취빛의 바다는 한순간에 '물렁한 광물성의 광장'이 되었다. 바다는 비취라는 보석이 액체화되어 서서히 유동하는 넓은 광장이 된 것이다. 이런 표현은 서정시의 낯익은 관성을 산산이 깨어버린 모던한 표현이다. 그리고 이 광물성의 광장을 가르고 나오는 '첫 순결한 큰 짐승'은 이 바다에 대한 상상을 새로운 차원으로 상승시킨다. 바다는 이제 늘 보던 장면이 아니라 창세기 첫 장에 나오는 숭고한 풍경이 되었다.

이처럼 시인의 시는 서정의 변신을 끝없이 보여준다. 그리고 무엇보다 중요한 것은 이런 새로운 시도가 인위적이지 않다는 것이다. 초현실주의의 기법을 서양의 책에서 읽고 적용하듯이 하는 기법 연습이 아니라, 제 몸으로부터 자연스럽게 풀려나오는 일상 화법이다. 그래서 참신함과 낯설음이 자동화되지 않고 그 자체로 살아 있으면서도 새로움을 준다. 시인의 시가 매력을 잃지 않는 이유가 여기에 있을 것이다.

4. 서정성의 빛나는 순간

김선영 시인의 시는 서정성, 즉 자아와 세계의 동일성이라는 서정시의 본질을 잘 유지하고 있다. 서정시는 대립과 저

항의 세계관이 아니라 조화와 소통의 세계관을 기반으로 한
다. 그래서 서정시에서 나와 대상은 동등한 지위를 지니고
서로 대화하는 존재일 뿐이다. 수사학적으로 그렇게 의도한
것이 아니라 서정적 세계관에 의해 저절로 그렇게 되는 것
이다. 가령 다음과 같은 시를 보자.

> 잠자리채가
> 달을 따라 다닌다
> 헛손질
> 달은 더 높이 날아 오르고
> 아이가 문득 까치발로
> 낚아챈다
>
> 아아
> 아이가
> 잠자리채를 열어
> 달을 꺼낸다
> 휘얼 휠 날려 보낸다
> 달은 날개를 활짝 펴
> 제 안으로 날아가기 시작한다
> 잠자리채 안에
> 금빛 깃털 하나
> 떨구고 갔다
>
> ―「달을 잡는 아이」 전문

아름다운 시다. 잠자리채로 달을 잡으려는 아이의 시도는 실패하지 않는다. 아이는 마침내 달을 낚아채어 잠자리채에서 달을 꺼내 다시 하늘로 돌려보낸다. 잠자리채에는 '금빛 깃털 하나'가 남아있다. 앞에서 설명한 참신하고 생기 있는 서정적 표현이다. 이런 표현은 어떻게 가능한가. 그것은 이런 표현이 자아와 세계의 동일성을 가정하는 세계관에 기반하고 있기 때문이다. 대상은 나와 분리되고 대립하는 존재가 아니다. 그것은 근원적으로 나와 동일한 기반을 나누어 가지고 있는 일종의 혈연관계이다. 그래서 아이가 달을 잡을 수 있고, 그래서 달을 놓아줄 수밖에 없는 것이다. 자아와 세계의 혈연관계가 지닌 비밀을 다음 시는 명쾌하게 설명하고 있다.

꽃과 이야기하고 싶어
왼종일 꽃보며
꽃의 말 배운다

별과 이야기하고 싶어
밤새도록 별 보며
별의 말 배운다

꽃이 먼저 말을 걸어온다
별이 먼저 말을 걸어온다

꽃은 꽃의 언어로

별은 별의 언어로,
나는 나의 말로 대답한다

통역 없어도 좋다
우린 다 잘 통한다

―「소통」 전문

꽃의 말, 별의 말은 나의 말과 구별된다고 해도 소통이 불
가능하지 않다. 그 말은 이미 근원적으로 같은 말이며, 우주
의 공통언어이기 때문이다. 그래서 "통역 없어도 좋다/ 우린
다 잘 통한다." 이 작품은 서정성의 언어를 잘 설명해주는
시라 할 수 있다. 다른 시에서 시인은 이런 소통을 '사냥'으
로 표현한다.

화살을 쏜다
하늘을 사냥한다
산채로 하늘을 사로 잡는다
하늘은 푸른 그물을 풀어
내 이마를 산채로 끌어 올린다
내 이마 속에 숨긴 눈 맑은 얼굴도
따라 끌어 올린다

닭이 운다
닭은 울음을 던져 빛을 사냥한다
바다가 제 머리칼 전부를 끊어서
내 발 앞에 던진 해안엔

빛나는 시간의 뼈 몇 개
물소리와 함께
그물에 잡힌다

—「사냥」 부분

이 새로운 화법의 시에서 시적 화자는 세계와 소통하는 방식을 '사냥'이라 부른다. 이는 상처 주지 않는 사냥, 평화를 전제로 하는 사냥이다. 달을 잠자리채로 잡는 방식도 이런 방식의 하나일 뿐이다. 자아와 세계가 서로 얽히는 방식, 서로 관계 맺는 방식, 소통하는 방식은 이와 같이 평화로운 사냥이다. 서로가 서로에게 포착되고, 서로가 서로에게 사로잡힌다. 그래서 "산 채로 하늘을 사로잡고", 시간도 물소리도 "그물에 잡힌다." 이 평화롭고 아름다운 사냥이 서정성의 빛나는 순간이라 할 수 있다. 시인의 시는 바로 이 황금빛 나는 사냥의 결과라 할 수 있다.

앞에서 살펴본 것처럼 김선영 시인의 시는 서정시의 본령을 잘 지키고 있다. 그리고 전통적인 서정을 늘 새롭게 만드는 능력을 지니고 있다. 이 점에서 김선영 시인은 우리 서정시의 마지막 본산이라 할 수 있다. 여러 가지 세속적 조건이 갖추어졌다면 세상은 시인의 진가를 제대로 발견할 수 있었을 텐데, 현실은 그렇지 못하여 내심 서운하다. 그럼에도 시에 대한 판단이 한 시대에 국한되지 않음이 하나의 위안이 될 수 있으리라.

김선영

1938년 개성 출생. 1957년 1회에서 1962년 3회 추천 완료까지 미당 서정주 선생 추천으로 『현대문학』 등단.
경희대 세종대 성신여대대학원 문학박사. 세종대학교 교수 역임. 한국 시인협회 자문위원, 한국 여성문학인회 자문위원. 청미 동인.
시집 『풀꽃왕관』, 『달을 배웅하며』, 『작파하다』, 『쓸쓸한 것들을 향하여』, 『사모곡』, 『라일락나무에 사시는 하느님』, 『밤에 쓴 말』, 『환상의 문지기』, 『풀꽃제사』, 『허무의 신발가게』, 『사가』 등. 시선집 『그리움의 식물성』, 『누구네 이중섭 그림』, 『달빛해일』, 『달을 빚는 남자』. 수필집 『순결한 예술가의 초상』, 『사랑은 마주 울리는 메아리입니다』.
현대시학작품상, 한국문학상 외 수상.
e-mail: pfsonia@hanmail.net

서정시학 시인선 220
그림 속 나무

2024년 9월 13일 초판 1쇄 발행

지 은 이 · 김선영
펴 낸 이 · 최단아
편집교정 · 정우진
펴 낸 곳 · 도서출판 서정시학
인 쇄 소 · ㈜ 상지사
주 소 · 서울시 서초구 서초중앙로 18, 504호 (서초쌍용플래티넘)
전 화 · 02-928-7016
팩 스 · 02-922-7017
이 메 일 · lyricpoetics@gmail.com
출판등록 · 209-91-66271

ISBN 979-11-92580-41-8 03810

계좌번호: 국민 070101-04-072847 최단아(서정시학)
값 13,000원

* 잘못된 책은 바꾸어 드립니다.

서정시학 시인선